Erwin Sohnius: Meine heile Welt

Gedichte sind das Spiegelbild der Seele,
ein Stückchen heile Welt.
Sie sind der Ausdruck des Herzens
und somit auch ein bißchen Frieden.

Poesie ist wie Musik,
ist Freude des Lebens,
aber vor allen Dingen der Glaube
an unsern Schöpfer,
der dieses Wunder Erde gemacht hat.

ERWIN SOHNIUS, Jahrgang 1935, schreibt Gedichte und Balladen, malt und musiziert. Er ist Mitglied in der Schreibwerkstatt von Klaus-Peter Wolf im »Haus Felsenkeller«, Altenkirchen.

Veröffentlichungen in Zeitschriften und im Rundfunk.

»Meine heile Welt« enthält Gedichte und Balladen, die in den letzten zehn Jahren entstanden sind. Ein zweiter Band ist in Arbeit.

ERWIN SOHNIUS

Meine heile Welt

Gedichte und Balladen

Band 1

1993

Erschienen 1993

Wiedstraße 9, 57638 Neitersen, Tel. (02681) 4811
Illustrationen: Erwin Sohnius
Satz: Joh. Herr, Text- & Grafikbüro, Heuzert
Herstellung und Verlag:
Books on Demand GmbH, Norderstedt
ISBN 3-8334-2115-0

Inhalt

Mein Lebenslauf in Poesie

Mein Lebenslauf ist schnell erzählt,
die Eltern waren kaum vermählt,
alsbald, da bracht nach Tagen schon,
der Klapperstorch den kleinen Sohn.

Der Eltern Freude freut' auch mich,
denn dieser Sohn, das war ja ich.
In mütterlicher Zärtlichkeit,
in Liebe und Geborgenheit,
als Knäblein an der Muttersbrust
wuchs ich heran, es hieß: du mußt!

Und so begann die erste Pflicht,
die Schule und der Unterricht.
Und so ging ich wie die meisten,
meine Jahre abzuleisten.
Mein Lieblingsfach, das war Geschichte,
Schrieb selbst sehr lustige Gedichte
und eines gar mit Herz und Sinn
an uns're hübsche Lehrerin.

Und nachts hab ich geträumt von ihr,
mein Notendurchschnitt sank auf vier,
sie war ein wirklich lieber Schatz,
im Lehrfach aber fehl am Platz.
Mein Leistungssturz war unausbleiblich,
da diese Lehrkraft hübsch und weiblich.

Sie hat, wie man hier klar entnimmt,
mein'n Lebenslauf ganz neu bestimmt:
anstatt als Dichter und Karriere
begann ich eine Schlosserlehre,
teils ohne Lust, teils auch mit Frust,
und wieder sagt man mir: du mußt!

So schafft ich schließlich mit Bravur
mein Schweiß- und Schlosserabitur.
Forthin begann in großen Hallen,
wo dröhnend Hammerschläge schallen,
bei Menschen hell im Neonlicht
mein Wirken in Acht-Stunden-Schicht.

Die Zeit verging in Freud' und Leid,
die Zukunft wird Vergangenheit,
den Ernst des Lebens längst bewußt,
noch heute sagt man mir: du mußt!

Nun, vierzig Jahre ist es her,
doch täglich spür' ich mehr und mehr:
die Poesie und das Gedicht
sind meine Quelle-Lebenslicht,
sie sind für mich, so glaubet dies,
ein kleines Stückchen Paradies.

Die Schwäche, die ich dafür habe
verstärkt die Freude an der Gabe.
Laß Dich auf allen Folgeseiten
froh und stimmungsvoll begleiten.
Ich hoffe, daß mein Text gefällt –
ein Querschnitt meiner heilen Welt.

◆

Die Biotonne

Stinkend in der Sommersonne
steht die braune Biotonne
hinterm Hause, leicht verborgen,
um den Abfall zu entsorgen,
der aus Garten, Küche, Herd
für die Hausfrau ohne Wert.

Doch die heiße Sommersonne
bringt auch Leben in die Tonne,
erst ein Brodeln, Dröhnen, Gären
dann seit Tagen ein Vermehren,
alles drängelt, kribbelt, krabbelt,
hoch und tief, der Deckel schwabbelt,
Tag und Nacht gibt's keine Ruhe,
schließlich eile ich zur Truhe
und verkleb mit Pflasterband
Deckel an den Tonnenrand.

Doch – die vielen Plagegeister
wurden langsam immer dreister;
kaum hab ich mal Schlaf gefunden,
großer Nachschub drängt von unten,

ohne Rast und ohne Gnaden
Raupen, Larven, Würmer, Maden
schieben, drücken, stämmen, hebeln,
um den Deckel hochzuknebeln.
Alsbald reißt nicht nur das Band,
nein, jetzt reißt auch mein Verstand.

Murrend stell ich mir die Frage:
Abfuhr alle vierzehn Tage –
der Termin ist übermorgen,
sollte ich nicht selbst entsorgen?
Warum soll ich solang warten?
Kipp die Tonne in den Garten,
wie's mir Vater anvertraut,
biologisch abgebaut,
Amsel, Drossel, Hermelinchen,
Tauben, Igel und Kaninchen,
Rebhuhn, Stare, Elstern, Raben
freuen sich der guten Gaben.

So auf wunderbare Weise
schließt sich nahtlos wie im Kreise,
wie der Zeiger einer Uhr,
Leben, Sterben der Natur.

◆

Herbst

Wie ein Schleier zarter Seide
senkt der Nebel sich ins Tal,
aus unendlich ferner Weite
schiebt der warme Sonnenstrahl,
wie mit unsichtbaren Händen
der geheimnisvollen Spur,
alle feuchten Nebelwände
in den Garten der Natur.

Wald und Wiesen strahlend leuchten
in der Morgensonne hell,
Tau im wunderbaren, feuchten,
weichen Farbenaquarell.

Wie Kristall die Sonnenstrahlen
in Konturen transparent,
fein mit Künstlerhand bemalen
in ein Farbensortiment.

Und ich wand're durch die Auen
still, besinnlich, andachtsvoll
oh, wie kann ich satt mich schauen,
spürend, was noch werden soll.

Denn die ersten Blätter wehen,
treiben, wie mit Himmelsmacht,
und so wird es ein Vergehen
mit der herbstlich schönen Pracht.

Sind wir nicht ein Blatt der Wälder,
junges Grün zum welken Laub;
spüren es, wir werden älter:
bald des strengen Winters Raub.

◆

Waldspaziergang – einst und jetzt

Ich geh die alten Wege
an unserm Waldesrand,
mein Herz schlägt heut' so rege,
wie ich's noch nie empfand.

heut' hab ich es nicht eilig,
der Wald ist mir so lieb,
heut' ist mir alles heilig,
was noch von damals blieb.

Ich prüfe und vergleiche
und bin so gut gelaunt –
die alte, dicke Eiche,
die ich als Kind bestaunt,

steht noch genau so mächtig,
so grün, so wunderbar,
gewaltig, stolz und prächtig,
so wie vor fünfzig Jahr.

Ich les' in Baum und Zweigen
den Glanz der Poesie,
geheimnisvolles Schweigen –
ein Stückchen Nostalgie.

Am Fuchsbau bleib ich stehen,
es hat sich auch gelohnt,
man kann ganz deutlich sehen,
daß jemand darin wohnt.

Im Sinnen und im Träumen
fühl ich mich reich beglückt,
dort, wo wir unter Bäumen
die Heidelbeer'n gepflückt.

Ich suche und ich finde –
wie schnell die Zeit vergeht,
wo in der Buchenrinde
nicht nur mein Name steht.

Mein Freund aus Kinderzeiten
les Name, Datum, Ort,
er ging nach langem Leiden
zu früh von immer fort.

Ich geh die alten Wege
durch dich, mein grüner Wald,
durch Busch und durchs Gehege,
am Hochsitz mach ich halt.

Ich steige auf die Leiter,
als wär ich nochmals jung,
mein ständiger Begleiter
ist die Erinnerung.

Hier auf der kleinen Lichtung
im blühenden Gewand
schau ich in jene Richtung,
wo meine Wiege stand.

Wo ich die Tauf empfangen,
dort, wo der Wiedbach fließt,
wo ich zur Schul gegangen,
den ersten Kuß geküßt.

Wo ich mein Glück gefunden,
das wie die Rose rankt,
dir, kleines Dorf dort drunten,
sei tausend Mal gedankt.

Mein Blick wird reich und reicher,
ringsum, wohin ich seh.
Da tritt aus Farn und Sträucher
das scheue, schlanke Reh.

Zwei Kitze dicht dahinter,
vielleicht drei Wochen kaum,
sie hüpfen so wie Kinder
um ihren Weihnachtsbaum.

Die Abendglocken klingen,
das Abendrot erglüht,
wie hold die Vöglein singen,
wie alles grünt und blüht.

Oh, welch ein Abendfrieden
in meinem Herze brennt,
wohl kaum zu überbieten
ist, was man Heimat nennnt.

Ich hab's nochmal erfahren,
ein Stückchen Heimaterd',
das möcht ich mir bewahren
solang ich leben werd'.

◆

Das Wahre ist das Licht

Den wahren Satz kann ich nicht finden,
es scheint mir alles so verwischt,
ein Suchen und ein Überwinden,
den wahren Satz, den find ich nicht.

Ich frag im engsten Freundeskreise,
les manchen Vers und manch Gedicht,
ich such auf tausendfache Weise,
den wahren Satz, den find ich nicht.

Wo ich auch bin, ich überlege,
auch dort, wo man noch Mundart spricht,
selbst in der Kneipe an der Theke,
den wahren Satz, den find ich nicht.

Lass mich am Bücherschrank verweilen,
zieh meine Brille ins Gesicht
und les in alt vergilbten Zeilen,
den wahren Satz, den find ich nicht.

Jedoch an einem Sonntagmorgen,
der Pfarrer von der Kanzel spricht,
lausch ich dem Satz, der mir verborgen:
ER ist die Wahrheit und das Licht.

Und als ich singend, betend preise,
war mein Gedanke bei dem Licht,
wie doch auf wunderbare Weise
ist ER auch meine Zuversicht.

ER ist's mit seiner treuen Güte
und weckt mit seinem Sonnenlicht
aus jeder Knospe eine Blüte,
bis alles Leben neu auf bricht.

◆

Verstecken spielen

An meine schönsten Kinderspiele
denk ich mit Freuden gern zurück,
es war der Ausdruck der Gefühle,
ein Stückchen Heimat – Kinderglück.

Und eins der Spiele, jener Spiele,
das mir besonders gut gefiel,
es spielte in der alten Mühle
und hieß ganz schlicht Versteckenspiel.

Es gab so mancherlei Verstecke
vom Mühlenrad bis hoch zum Dach
und auch in einer dunklen Ecke
in einem Vorgetreidefach.

Hier saß ich nun so ein, zwei Stunden,
ganz mäuschenstille harrt' ich aus,
doch kein Kind hat mich hier gefunden,
und alle gingen bald nach Haus.

Enttäuscht und einsam und alleine
lief ich zur Mutter mit Geschrei,
sie fragte mich, warum ich weine,
warum ich denn so traurig sei.

So sprach ich, wie es mir gegangen,
ich wußt, daß Mutter mich versteht,
und Mutters Trost und Worte klangen
so erfurchtsvoll wie ein Gebet.

Oh Jesus Christus, Schutz des Lebens,
du bist mein Halt, mein Lebenslauf,
wir suchen Dich doch nicht vergebens,
nur viele hören zu früh auf.

Du bist die Kraft, Du bist die Güte,
Du bist das Licht in der Natur,
in jeder Knospe, jeder Blüte
seh ich das Zeichen deiner Spur.

»Mein kleiner Sohn, so ist das Leben,
du siehst, wozu ein Zeichen führt,
hätt'st du nur einen Wink gegeben,
man hätt' dich sicher aufgespürt.«

◆

Der ungeschriebene Brief

In dem Dorfe auf dem Lande,
tief im schönen Westerwald,
wohnt die liebe, gute Tante,
sie ist achtzig Jahre alt.
Doch ich hörte, sie wär kränklich,
zittrig, müde und auch schwach,
dieses stimmte mich bedenklich,
Schamgefühle wurden wach.

Und es war wie ein Besinnen
in der weihnachtlichen Zeit,
auch in meinem Herzen drinnen
macht sich Furcht und Wehmut breit,
und es waren Reuetränen,
daß ich lange nicht mehr schrieb,
sollte doch im Brief erwähnen,
daß ich sie von Herzen lieb.

Manches schien mir nebensächlich,
Hetze, Arbeit und Gewinn,
sie ist alt, sie ist gebrechlich,
Mitleid lag in meinem Sinn,
und mir war's, ich sollt ihr danken
für die schöne Jugendzeit,
und so führten die Gedanken
weit in die Vergangenheit.

In der Kindheit schönster Spuren
war mir Tante so vertraut,
als wir Kinder Schlitten fuhren,
wo der Schneemann wurd' gebaut,
hör sie noch am Fenster rufen:
›Junge, komm zu mir herauf!‹
Mit der Schlittschuh' weißen Kufen
stapfte ich die Treppe rauf,
schon im Flur, da lag wie immer
süßer Hauch der Weihnachtszeit,
und ihr buntgeschmücktes Zimmer
strahlte voller Freundlichkeit.
Aus den altvergilbten Seiten
las sie mir vom Christkind vor;
winterliche Märchenfreuden,
wie gespannt lauscht da mein Ohr.

Ja, bei ihr war's urgemütlich,
diese Zeit vergeß ich nie,
voller Wärme und so friedlich,
noch ein Stückchen Nostalgie.
In Gedanken, im Verweilen
hole ich das Briefpapier,
um ihr grüßend mitzuteilen,
was ich heut' für sie verspür.

Setz mich hin, fang an zu schreiben:
Liebe Tante, habe Dank,
uns're Freundschaft, die soll bleiben,
hörte heute, du seist krank,
wünsch, daß du ganz schnell genesen,
glaub, der Herr im Himmel wacht,
hoffe doch, du kannst es lesen –
und die Uhr schlug Mitternacht.

Morgen schreibe ich zu Ende,
löschte bald den Lichterschein,
schloß beim Falten meiner Hände
sie ins Nachtgebet mit ein.

Von des Tageslasten müde
warm mit Daunen zugedeckt,
schlief ich sanft in Gottes Güte
bis daß mich der Morgen weckt.

Wohlbehütet gegen sieben
steh ich auf, noch etwas matt,
seh den Brief, nur halb geschrieben,
an der Tür das Morgenblatt.

In der Frühstückvorbereitung,
will den Toast noch einmal drehn,
da erblick ich in der Zeitung,
welch ein Schreck, ich muß gestehn,
meine Stimmung wie verwandelt,
und ein schwarzes Kreuz verrät,
eingerahmt und dick umrandet –
oh, mein Gott es ist zu spät,
es ist zu spät, zu spät.

◆

Der Pfarrer unterm Apfelbaum

Der alte Pfarrer Stanislaus,
er saß vor seinem Gartenhaus,
an einem Samstagnachmittag,
der Garten voller Frieden lag,
ein Blühen, Duften weit und breit,
es war die schöne Sommerzeit.

Er sieht nicht, wie es blüht und wächst,
er schreibt an seinem Predigttext,
schon morgen muß er fertig sein,
doch wie so meist, da schläft er ein.
Sein Schlafen ist so tief und fest,
was lautes Schnarchen hinterläßt,
wie ein Orkan sein Atemhauch,
im Garten rauschen Baum und Strauch,
er träumt von vielen hübschen Engeln,
da löst ein Apfel sich vom Stengel
und landet wie ein Steinenschmiß
auf seinem Mund und auf dem Gebiß.

Gleich springt er hoch mit lautem Groll,
obwohl ein Pfarrer das nicht soll,
sein Predigttext, der fliegt umher,
grad so, als ob es Flugpost wär,

vergessen war's, den Herrn zu loben,
und wieder hört er Engel droben,
und im Gesang der Engelein
stimmt auch der Herr und Schöpfer ein,
er sprach mit seiner großen Güte:
»Ich strafe keinen, der da müde,
doch wer die Sonntagspredigt schreibt,
sich schlafend seine Zeit vertreibt,
wer dabei schnarcht und mich nicht ehrt,
so laut, daß man's im Himmel hört,
der sündigt und das ist doch schlecht,
so ist die Strafe dir gerecht.«

Da kniet der Pfarrer Stanislaus
neben seinem Gartenhaus
und sprach, daß es der Herr versteht,
ehrfurchtsvoll und im Gebet:
»Verschone mich, oh Herr, mit Strafen,
ich will bestimmt auch nicht mehr schlafen,
in Zukunft, Herr, so glaube mir,
sind die Gedanken nur bei dir.«

Da sprach der Herr mit leisem Ton:
»So ist es gut und recht, mein Sohn«,
hinfort schrieb Pfarrer Stanislaus
zur Apfelzeit *im* Gartenhaus.
Und die Moral von der Geschicht,
den Herrn führt keiner hinters Licht,
er straft nur Pfarrer insgesamt,
die schlafen da in Dienst und Amt,
und bittet, wer die Predigt schreibt,
daß dies in Zukunft unterbleibt.

◆

Sommerboten

Ferien, Zeugnis, gute Noten
sind die schönsten Sommerboten.
Fröhlich sind gar jene Kinder,
deren Eltern nicht viel minder,
die mit ganzen Ehrgeiz glänzen
und den Unterricht nicht schwänzen.
And're finden sozusagen
nahezu ein Unbehagen,
denn die Dummheit wird so richtig
durch das Zeugnis erst ersichtlich.

Karlchen denkt sich nicht zuletzt:
Die Hauptsach' ist, ich bin versetzt.
Und auf altbekannten Wegen
schreitet er dem Heim entgegen.
Da erblickt ihn Vater Krause,
der im Hofe hinterm Hause
ganz im Schweiß der Arbeit dristet
und den Schafesstall entmistet.
Vaters Ruf ganz im Vertrauen:
»Komm und laß dein Zeugnis schauen!«
Alsbald hat er schwarz auf weiß
diesen schriftlichen Beweis.

So bei längerer Betrachtung
steigt in ihm auch die Verachtung,
schließlich wird des Vaters Ärger
von minütlich stark und stärker,
und er schimpft mit lautem Ton:
»Eine sechs in Religion!«
Seine Wut bei der Erkundung
suchend einer Holzesrundung:
»Du bist dümmer als die Schafe,
da hilft nur die Prügelstrafe.«

Karlchen lächelt und betont:
»Ich weiß auch, wo der Lehrer wohnt.«

◆

Kinderreim

Du liebe Sonne scheine
auf Große und auf Kleine,
auf Junge und auf Greise,
auf Schwarze und auf Weiße,
auf Mädchen und auf Knaben,
auf daß wir schulfrei haben.

Oh Sonne, drum erhöre mich,
dem Lehrer einen Sonnenstich, –
so schein in die Sahara,
auf meine Tante Klara,
nach Sylt und auf die Nackten,
dem Kanzler in die Akten,
auf unser wunderschönes Land
und meiner Schwester einen Sonnenbrand,
doch bleibst du uns verborgen,
na ja, dann tschüß bis morgen.

◆

Der Schwalbenflug

Die Schwalben geh'n auf Reise
sie bilden einen Schwarm,
da riefen sie zur Meise:
»Im Süden ist es warm,
willst du nicht mit uns fliegen,
schon morgen früh vor Ort,
laß alles stehn und liegen,
flieg einfach mit uns fort.«
Die Meise sagt den Schwalben:
»Laßt doch das blöd Geschwätz,
weit drüben in den Alpen,
da fängt man euch im Netz.«
»Du brauchst dich nicht zu sorgen,
es stimmt kein einzig Wort«,
und an dem nächsten Morgen,
da flogen alle fort.
Die Meise schaut mit Bangen,
ihr war nicht wohl dabei,
der Winter ist vergangen
und endlich wurd' es Mai.

Das Land stand voller Blüten,
es grünte Wald und Flur,
doch aus dem fernen Süden,
kam eine Schwalbe nur.

Sie wußte zu erzählen
von großer Traurigkeit,
wo Menschen Schwalben quälen,
von mörderischem Leid.
»Im Süden gibt es Plätze
mit Herbstlaub fein getarnt,
dort stehen Todesnetze,
du hattest uns gewarnt,
sie wurden zugezogen,
gar schrecklich war der Tod
und die, die drüber flogen,
erschoß man gar mit Schrot.«
»Ja, ja«, sprach da die Meise,
»das hab ich mir gedacht,
im Herbst vor eurer Reise
habt ihr mich ausgelacht.
Viel besser ist gefroren,
als in die Welt gereist,
im heißen Kochtopf schmoren
von Menschen aufgespeist.«
Die Schwalbe sprach in Klagen:
»Du hattest ja so recht«,
sie wußte nur zu sagen:
»Gott, sind die Menschen schlecht.«
»Oh nein, nur in den Alpen«,
so stimmt die Meise ein,
»*hier* – können alle Schwalben
in Frieden glücklich sein.« ◆

Der Gardasee

Eingebettet, fein umgeben
steiler Berge, stolzer Höh',
die sich hoch zum Himmel heben,
ruht der tiefe Gardasee.

Wärmend hell die Sonne strahlet,
wie mit Zauberhand erdacht,
wie mit Künstlerhand bemalet,
wunderschöne Farbenpracht.

Gotik alter Bergkapellen
zieren hübschen Felsenhang,
spiegelt sich in grünen Wellen
bis zum Sonnenuntergang.

Holde, laue Sommernächte
himmlisch lieblich süßer Wein,
wohl umspielt von Liebesmächten,
ließen mich glückselig sein.

Tief erfüllte Herrlichkeiten
bergen doch ein Stückchen Weh,
morgen muß ich wieder scheiden
von dem schönen Gardasee.

◆

Ein unsichtbarer Faden

An uns'rer Regenrinne
hoch droben unterm Dach
lebt eine kleine Spinne,
ein Architekt vom Fach.

Sie webt mit großem Fleiße
so hübsch, so dünn und zart
auf künstlerische Weise
ein Bauwerk feinster Art:

Ein Netz mit engen Maschen
in nur ganz kurzer Zeit,
um Nahrung zu erhaschen,
wohl auch zur Sicherheit.

Es kam der Herbst, es stürmte,
das zarte Netz verflog,
die kleine Spinne türmte
und sich nach oben zog

an unsichtbarem Faden,
den nicht der Wind berührt,
ein Weg zum Herrn der Gnaden,
der steil nach oben führt.

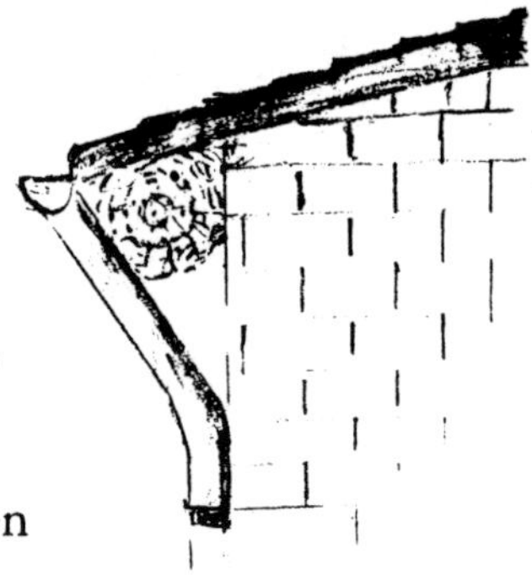

Ist nicht auch unser Leben
ein Netz besond're Art,
ein Netz, das wir uns weben,
wohl auch so dünn und zart.

Wie leicht bricht es zusammen
in unserer schnellen Zeit,
wie dicht liegt doch zusammen
die Freude und das Leid.

Noch ahn ich nicht die Folgen,
die fern am Himmel stehn,
der Herbst mit Sturm und Wolken,
wie's Leben wird vergehn.

Doch hängt zum Herrn der Gnaden,
dem Lob und Dank gebührt,
ein unsichtbarer Faden,
der steil nach oben führt.

◆

Der junge Mensch

Der junge Mensch, und ist er noch so klein,
er möchte gern verstanden sein,
er möchte sich geborgen fühlen,
er möchte lachen, lernen, spielen.

Der junge Mensch, und ist er noch so klein,
er möcht', daß wir auch mal verzeih'n,
er möcht' in seinem jungen Leben,
daß wir ihn lieben und vergeben.

Doch wenn er reift und größer wird
und wenn sein Selbstbewußtsein irrt,
steht er allein in seinem Leid,
es fehlt ihm an Geborgenheit.

Hört nur das Mahnen und Verbote,
es zählt nur Leistung, Pflicht und Note;
wird der Erwartungsdruck zuviel,
kann's reißen wie ein Saitenspiel.

◆

Die Straße

Die Straße der Güte
ist irdisches Gut,
wie das Korn in der Ähre,
wie Ebbe und Flut.

◆

Der Weg

Die Wege, die wir durchwandern,
sind oftmals so steinig, schwer,
und meist sind es immer die andern,
die Schuld sind an uns'rer Miser'.

◆

Wir holen einen Weihnachtsbaum

Der Wald lag still, es schneite,
und es war bitterkalt,
mein Freund und ich, wir beide,
uns zog's zum Winterwald,
wohlauf, den Christbaum suchen,
denn es war Weihnachtszeit,
durch Fichten, Tannen, Buchen,
sie lagen tief verschneit.

Der Wald lag voller Frieden,
nur rückwärts uns're Spur,
wohl kaum zu überbieten
die Schönheit der Natur.

Man rüttelte und schüttelte
die Tannen wie ein Spiel,
der Anblick doch vermittelte,
daß uns kein Baum gefiel,
denn ohne weiße Weste
wars Bäumchen halb so schön,
oft fehlten ein paar Äste,
so ließen wir es stehn.

Wir suchten viele Stunden
bis in die Dunkelheit,

da fanden wir gebunden,
versteckt und zugeschneit
zwei wunderschöne Bäume,
in Kordel eingeschnürt,
mir war als ob ich träume,
vor Freude so gerührt.

Wir schritten herzerquicklich
schnell aus dem Wald hinaus
und brachten überglücklich
den Weihnachtsbaum nach Haus.

◆

Der Mond

Wenn wir nach den Sternen greifen,
sieht es auch der gute Mond,
läßt er gleich ein Sternlein schweifen,
und er lächelt und betont:

Liebes Kindlein auf der Erde,
laß den Sternlein ihren Lauf,
fällt ein Sternchen auf die Erde,
wirf es bitte wieder rauf.

◆

Pfarrer Lampenstiel

Ein Pfarrer namens Lampenstiel,
er lebte einst in Holstenkiel,
im Glauben und in Würde,
als seine Mutter achtzig ward,
mit dem Geschenk, gleich welcher Art,
das war ihm eine Bürde.

So träumt er nachts und sinnt und denkt,
was er der lieben Mutter schenkt,
doch plötzlich sagt sich sein Verstand,
die Mutter lebt fern auf dem Land
und da sie dort so einsam sei:
ich schenk ihr einen Papagei.

So kauft er nicht gleich irgendwo,
nein, exklusiv im Bahnhof Zoo,
hier ist die Auswahl riesengroß,
doch welchen Vogel nehm ich bloß,
so hört auch der Verkäufer bald,
daß Mutter achtzig Jahre alt.

So, so«, spricht er, »ein Jubilar –
ich hab ein Sonderexemplar,

hier schau'n sie diesen Albatros,
Geburtsort auf Galapagos,
geimpft, entwurmt und abgericht,
der fließend sieben Sprachen spricht,
mit Brief, versichert mit Vertrag
und kostet vierzehntausend Mark.«

Da spricht der Pfarrer Lampenstiel:
»Für Mutter ist mir nichts zuviel,
ich kauf den Vogel«, packt ihn ein,
die Mutter wird mir dankbar sein,
mit Stückgut, schnellem Eiltransport,
kommt pünktlich zum Bestimmungsort.
Nur Pfarrer Lampenstiel, der fehlt,
weil er sich mit 'ner Grippe quält,
doch abends spät am Telefon,
da hört er Mutters Jubelton:
»Mein lieber Sohn, ich danke Dir,
für dieses bunte Federtier,
wie schön verpackt und wie apart,
bedingt wohl durch die lange Fahrt,
vielleicht ein wenig abgespeckt,
doch er hat köstlich gut geschmeckt.«

◆

Schlittschuh in der Sakristei

Wohl auch ein Pfarrer hat mal Sorgen,
es war im Wonnemonat Mai,
so fand er früh am Sonntagmorgen
Schlittschuh in der Sakristei.

Ja, gibt's denn das, ist das zu fassen,
so staunt er da, verwundert, stumm,
wer hat die Schlittschuh liegenlassen,
war's gar das Presbyterium?

Welch eine sonderbare Weise,
so manches geht ihm durch den Sinn,
dann fragt er nach im Kirchenkreise
und so auch uns're Küsterin.

Sie war noch nie ums Wort verlegen,
sie ist die Kirchenpolizei,
so eilet sie auf schnellstem Wege
zum Fundort in die Sakristei.

Ganz streng sie diesen Fall betrachtet
und hat die Lösung eins – zwei – drei:
»Hier haben Eisheilige übernachtet,
sie kommen jedes Jahr im Mai.«

◆

Das Kätzchen in der Straßenbahn

Da fahr ich mit der Straßenbahn
und schau so gegenüber,
da sitzt ein hübscher steiler Zahn
und lächelt zu mir rüber.

Sie hält ein Kätzchen lieb im Arm
ganz dicht an ihrem Busen,
dort, wo es weich und mollig warm,
ein Plätzchen fein zum Schmusen.

Klein-Kätzchen schnurrt dann auch so sehr,
da sag ich zu dem Frauchen,
wie wunderbar es für mich wär,
könnt ich mit Kätzchen tauschen.

Da antwortet das hübsche Kind
und lacht ganz herzerquicklich,
ich würd' mein Leben ganz bestimmt
nie wieder froh und glücklich.

Der Tausch mit Miez, welch Unverstand,
doch sollt's mich interessieren,
sie fährt zum Tierarzt Dr. Brandt,
läßt Mieze dort kastrieren.

◆

Im alten Eichengrund

Im Tal der alten Eichen
sieht man ein Holzkreuz stehn,
ein Mahnmal und als Zeichen,
daß hier ein Mord geschehn.

Vor Jahren und vor Tagen,
spät in der Abendstund,
geht Förster Franz zum Jagen
zum alten Eichengrund.

Dicht längst der Wassermühle,
sein Weg zum Fuchsbau führt,
es war als ob er's fühle,
daß irgendwas passiert.

Das Tal liegt kalt und eigen,
geheimnisvoll erregt,
ein furchtsam tiefes Schweigen,
kein Halm, der sich bewegt.

Ein grauer Nebelschleier
steht überm nahen Moor,
der alte Silberreiher
hebt sich zur Flucht empor.

In grabesstiller Lauer
am Bach zum alten Wehr
lädt hinter Holzstoßmauer
ein Wild'rer das Gewehr.

Er hört des Försters Schritte
am Herstlaub im Revier,
das Fadenkreuz in Mitte,
so schaut er durchs Visier.

Zwei Eichelhäher mahnen,
daß wohl ein Unheil naht,
sie krächzen, flüchten, ahnen
die fürchterliche Tat.

Der Mond geht durch die Wolken
in stiller Einsamkeit,
in raschem Abstand folgen
mal Licht, mal Dunkelheit.

Am Waldkauzruf und Klagen
Franz die Gefahr erkennt,
den man nach alten Sagen
auch Todesvogel nennt.

Minuten still verstreichen,
ein Eichhorn knackt die Nuß,
und durch die alten Eichen,
da peitscht der Todesschuß.

Um Franz wird es so finster,
was eben noch vertraut,
und zwischen Farn und Ginster
sinkt er ins Heidekraut.

Auf Waldmoos weiche Matten
legt sich ein Trauerkleid,
ein Vorhang dunkler Schatten
der großen Traurigkeit.

Ein Herz hört auf zu schlagen,
am Bach am Eichenmoor,
die Trauerweiden tragen
den Rauhreiftrauerflor.

Der Forst war seine Freude,
Franz kannte jeden Ast,
der Wald war sein Gebäude,
das Wild sein liebster Gast.

Das Wildbrett zu erlegen,
oh nein, nie aus Gewinn,
zu hegen und zu pflegen
im weidgerechten Sinn.

Am Fuße einer Eiche,
am nächsten Morgen schon,
da fand man seine Leiche
des jungen Förstersohn.

Nicht einmal Spuren zeigen,
kein Hinweis, kein Befund,
noch heut' liegt stilles Schweigen
im alten Eichengrund.

◆

Frohes Malen

Mit bunten Farben, Glanz und Matten
das Farbenspiel mit Licht und Schatten,
sich froh und künstlerisch entfalten,
im Kreativen neu gestalten –
ist wie die schönste Poesie.

Den Streß des Alltags überwinden,
die Einkehr, zu sich selber finden,
im Herzen Glücksgefühl zu spüren,
den Geist, die Seele zu berühren
in wunderschöner Harmonie.

Die hellen Farben, sanften Töne
sind mehr als Ausdruck für das Schöne,
die dunklen Wolken, Regenschauer
entspricht der Stimmung: Herbst und Trauer
im Wechselspiel mit Freud und Leid.

Mit Bildern Freude zu verschenken
verleiht ein positives Denken.
In Anmut kaum zu überbieten,
der Farben stumm gewährter Frieden
in Frohsinn und Glückseligkeit.

◆

Der alte Mann und sein Weihnachtsgeschenk

Er sitzt am Fenster, alt und müde,
und schaut still in die Dunkelheit,
getragen nur von Gottes Güte,
so lebt er in der Einsamkeit.

Vom Himmel tanzen weiße Flocken
zu einer winterlichen Pracht,
von Ferne klingen Weihnachtsglocken,
es ist die Stille Heil'ge Nacht.

Jedoch in seinem Herzen drinnen,
da ist es traurig und so schwer,
denn heute ist es ein Besinnen,
und alles scheint ihm öd und leer.

Wie glücklich war er einst, wie fröhlich,
so voller Tatendrang und Schwung,
als noch sein Weib, Gott hab sie selig, –
es lebt nur die Erinnerung.

Ein Zittern und ein großes Leiden,
so sitzt er da, so schaut er stumm
und blättert in vergilbten Seiten
in seinem Evangelium.

Alsbald vernimmt er ein Gewimmer,
wie Weinen, Jammern, zart und leis,
es dringt von draußen in sein Zimmer
ein Klageruf aus Schnee und Eis.

Was sich in seinem Herz bewegt,
was in der stillen Nacht geschehn,
obwohl der Wind so eisig fegt,
geht er hinaus, um nachzusehn.

Nun hört er's laut, ein kleines Hündchen
liegt dort vor seinen Gartentor,
ein hilflos braunes Dackelhündchen
fast eingeschneit, und wie es fror.

Irrend und verlassen,
von Menschen ausgesetzt,
so lief es durch die Straßen,
die Füßchen durchgewetzt,

bis seine Kraft am Ende,
bis hier an diese Stell,
ob man es jemals fände, –
doch dann wurd' es ganz hell.

Der alte Mann, er beugt sich
mit seinem Lampenschein
in dieser Nacht, da zeigt es sich,
das muß ein Wunder sein.

Aus Angst macht es sich klein, ganz klein
noch kleiner als es war,
der alte Mann, er streichelt
sein schneezerzaustes Haar.

Er gibt den Namen ›Edelweiß‹
in dieser Heil'gen Nacht,
gerettet so aus Schnee und Eis,
zum Leben neu erwacht.

Er nimmt das kleine Dackelkind
behutsam in den Arm,
so gehen sie ins Haus geschwind,
dort, wo es hell und warm.

Nun gibt es was zu futtern,
das ist so wundervoll,
so wie zu Haus bei Muttern,
das Bäuchlein wird nun voll –

und Edelweiß wird müde,
es schläft ganz feste ein,
in Ehrfurcht und in Güte
löscht er den Kerzenschein.

Und in der Weihnachtsstille,
nur das Feuer in dem Herd,
ist nun mit Gottes Wille
die Liebe eingekehrt.

Sie werden gute Freunde,
ein unzertrennlich Paar,
es ist das schönste Weihnachtsfest
seit vielen, vielen Jahr.

Und draußen weht eiskalt der Wind,
doch da drinnen ist die Freude,
und wenn sie nicht gestorben sind,
dann leben sie noch heute.

◆

Ins Meer

Es sprudeln kühle Quellen
zum Tal, zum Bach, zum Wehr,
in tausendfachen Wellen
zum aufgebrachten Meer –

so wie in unserem Leben,
vom Sprößling bis zum Grab,
ein Wachsen, Vorwärtsstreben,
und plötzlich geht's bergab.

Die Träne, die wir weinen,
sie gleitet schnell dahin,
um sich im Meer vereinen
zu einem Neubeginn.

Die Deponie

Aktuell, Gebot der Stunde,
ist die neue Deponie,
und es klingt aus aller Munde:
Oh nein danke, bei uns nie.

Überall ein Demonstrieren,
Heimat, Umwelt, Lebensglück,
jedoch alle produzieren,
keiner wagt den Schritt zurück.

Warengüter vieler Massen
groß verpackt und eingehüllt,
an den Supermärktekassen
Einkaufswagen prall gefüllt,
Joghurtbecher, Kunststoff-Taschen,
Tütenmilch und Styropor,
Alufolie, Plastikflaschen,
ist doch Gift für die Natur.
Supermärkte-Theorien,
doch ich frage mich, warum?
Ist die Erde nur geliehen,
tauschen wir sie morgen um?

Dort, wo heute Blumen blühen,
wo das munt're Rehlein springt,

wachsen morgen Deponien,
was jahrzehnt zum Himmel stinkt.

Nun, es regen sich Gemüter:
Haben wir das rechte Maß?
Viele uns're Einkaufsgüter
gibt es aus Papier und Glas.
Manches ließ sich leicht entsorgen,
oder fehlt uns gar der Mut,
denken wir nicht heut' an morgen,
geht's auf Dauer niemals gut.

◆

Bundeskanzlers Rettung

Bundeskanzler in den Bergen,
Bayerns schönster Urlaubsort,
Fitneß, Trimming, Muskelstärken,
Wandern, Klettern, Segelsport.
Lautlos über Wellen gleiten
Kanzler, Wind und Segelboot,
wunderschöne Segelfreuden
spiegeln lau im Abendrot.

Doch die guten Diagnosen
sind wie immer schnell verblaßt,
er spürt zu spät, wie Stürme tosen,
er schaut nicht auf den Segelmast.
Er sieht zu spät, wie's Wetter ändert,
Blitze zucken, Donner kracht,
Regen prasselt, Bötchen kentert,
Hilferuf nach Rettungswacht.

Zentnerschwere Wellenlasten
peitschen auf sein greises Haupt,
klammernd hängt er in den Masten,
ängstlich, daß der See ihn raubt,
denn in tiefen Wassergründen
lauert schon der Seemannstod,
langsam seine Kräfte schwinden,
doch da naht ein Kanuboot.

Campingfreunde, deren dreie,
eilten hilfreich schnell hinzu,
hörten Kanzlers Hilfeschreie,
SOS der CDU.
Und so hieven sie nach oben,
der so schwer und fett beleibt,
der die Steuern angehoben,
der uns auch zum Abgrund treibt.

Fast schlug Kanzlers letztes Stündchen
und aus Dankbarkeit und Gnad',
es darf sich jeder etwas wünschen
für die große Rettungstat.

Der erste wünscht sich als Belohnung
und meint, es wäre wunderschön,
in Bayern eine Ferienwohnung, –
»Jawohl, mein Freund, es soll geschehn.«

Der zweite denkt ans Finanzielle,
so fünfzig Mille wäre schön,
der Kanzler sprach auf alle Fälle:
»Jawohl, mein Freund, es soll geschehn.«

Der dritte kommt zu dem Ergebnis,
er fürchtet, daß sein Ende naht,
er wünscht für sich ein Staatsbegräbnis
für diese Kanzlers Rettungstat.
»Bin ich auch noch so jung an Jahren«,
so sprach's, »ich glaub', ein Unheil droht,
denn wenn mein Vater wird's erfahren,
mein Gott, der schlägt mich mausetot.«

◆

Der Zirkus-Clown

Noch ganz klein, in frühsten Zeiten,
ist's sein Wunsch, ein Clown zu sein,
denn am Schminken und Verkleiden
kann er sich von Herzen freu'n.

Durch die Welt in Wohnmobilen,
so beginnt sein Lebenslauf,
mit dem Klang der Mandoline
geht für ihn der Vorhang auf:
Froh erwartend große Menge,
hell erleucht' das Zirkuszelt
und in feurig hellen Klängen
schlägt das Herz der Zirkuswelt,
spannungsvoll ist die Erregung,
Kinderjubel überall,
rhythmisch klatschende Bewegung
wie ein lauter Donnerhall.

Seine knollendicke Nase,
der rosarote breite Mund,
sein Lächeln gibt in höchstem Maße
der Menge Freudentränen kund.
Ach, was kann es Schön'res geben,
lachen, freuen, staunen, schau'n,
was wär das Manegenleben
ohne einen echten Clown?

Glücklich lachend seine Miene,
und er spielt die Melodie
auf der kleinen Mandoline,
Zauberland der Phantasie,
herrlich bunt ist er gekleidet,
sein Jackett blau-grün-gestreift,
die Hose, die breit ausgeweitet
links und rechts am Boden schleift,
Schuhe, groß wie Fischerkähne,
schwankend durch das Rampenlicht
lockt so manche Kinderträne
überglücklich ins Gesicht.
Stürzend er am Boden landet,
wie von einem Schuß gefällt,
von den Rängen Beifall brandet –
wunderbare Zirkuswelt.

Seine Stirn, die hoch gelichtet,
zollt wohl seinem Alter Preis,
sein Gesicht glänzt bunt beschichtet
in den Farben rot und weiß.

Oh, wie seine Augen glänzen
hell im Licht des Zirkuszelt,
als nun unter Freudentänzen,
Beifallsstürme – Vorhang fällt.

Er erfüllt stets das Verlangen
der hohen Kunst in reichem Maß,
Jahrzehnte sind ins Land gegangen
in Form von Witz, Humor und Spaß,
er gastiert in vielen Ländern,
von Ost bis West, Tag ein, Tag aus,
geehrt, geschätzt als Freudenspender,
sein Danke-Schön ist der Applaus.

Nun, die Jahre, sie verrinnen,
allzuschnell wurd' er ein Greis,
und es lebt nun das Besinnen,
doch bald schließt der Lebenskreis,
finster wird nun seine Miene,
er spürt, er fühlt, die Zeit ist um,
sein Herz und auch die Mandoline
bleiben nun für immer stumm.
Und ein wundersames Schweigen
und der Freunde tiefes Leid,
ein besinnliches Verneigen
der so großen Traurigkeit.
Stars, Artisten und Dompteure
aus der ganzen Zikuswelt
geben ihm die letzte Ehre,
als sein letzter Vorhang fällt.

Mit dem Wunsch, einst Clown zu werden,
so begann sein Lebenslauf,
hört wie alles hier auf Erden
eines Tages einmal auf.
Noch einmal zu der Totenehre
erklingt nun seine Melodie,
heut' spielt er in Himmels-Chören,
im Zauberland der Phantasie.

◆

Der Gitterrost

Für Ingrid ist seit frühster Jugend
die Reinlichkeit die höchste Tugend,
ob vor dem Haus, ob in den Zimmern,
sieht sie vom Stäubchen nur was schimmern,
so ist zum Wischen höchste Zeit –
was langsam schon zum Himmel schreit.

Und so mit sicherem Gespür
entdeckt sie vor der Eingangstür
in ihrem großen Reinheitseifer
Schmutz unter dem Fußabstreifer.
Oh, welche Schande für das Haus
das muß nicht sein, der Schmutz muß raus,
und sie entfernt den Gitterrost,
hört ein Geräusch im Dorf: die Post,
und hurtig, eilig, blitzesschnelle
läuft sie an die besagte Stelle,
empfängt die Post und grüßt noch schön,
wer wohl geschrieben hat, mal sehn,
und auf altbekannten Wegen
schreitet sie dem Heim entgegen.

Sie öffnet das Kuvert geschwind,
die Neugier macht die Ingrid blind
und weil sie liest und liest und liest,
die ganze Welt um sich vergißt,
nur in Gedanken bei der Post,
denkt nicht mehr an den Gitterrost
und plumps, nun liegt die Ingrid flach,
es hilft kein Jammern, Weh und Ach,
die Post fliegt durch den ganzen Flur,
obwohl von Flugpost keine Spur.

Und Ingrid weint in ihrem Leid
auch über ihre Dußligkeit.
Noch heut' – holt sie im Dorf die Post –
so schaut sie erst zum Gitterrost.

◆

Der alte Mann und sein Gockel

Frühling ist's in Feld und Garten,
frohgemut die Hennen scharren,
Sonnenschein liegt rings ums Haus.
Fröhlich streut nun Bauer Krause
in dem Hofe hinterm Hause
Körner für die Hennen aus.
Doch der Hahn in Liebesfreude
gegenüber auf der Weide
wirbt ums Hühnchen stolz geschmückt.

So im Rausch des Hochzeitsreigen,
möchte grad aufs Hühnchen steigen,
doch – was hat er dort erblickt?
Sieht die Hennen Körner picken.
Anstatt auf des Hühnchens Rücken
wendet er sich blitzeschnell,
eilt mit flatterndem Gefieder,
stürzt sich wie ein Greif hernieder,
landet an der Futterstell'.

Krauses Hände sich nun falten:
»Oh Herr, tu mir das erhalten,
nicht wie unserm Gockelhahn,
dem das Fressen, dem die Nahrung
wichtiger noch ist als Paarung,
Herr, laß ab von diesem Wahn.«

Still er seinen Hahn betrachtet,
denkt sich, Hahn, du wirst geschlachtet,
du bist alt, es ist schon spät.
Und so schmort nur Stunden später
Bauers Hahn im heißen Bräter,
der noch morgens laut gekräht.

Abends nach dem Vesperschmause
geht der alte Bauer Krause
früh schon in sein Federbett,
denn er fühlt ein Unbehagen,
denn der Hahn drückt schwer im Magen,
nun – der Gockel war zu fett.

Da erscheint sein Weib Isolde,
die noch was erleben wollte,
auch sein Dackel Rex, ein Er;
Frauchen streichelt Herrchens Wangen,
es ist Frühling, ihr Verlangen
ist nach Zärtlichkeit und mehr,
allzubald wird er verdrießlich,
Herrchen laut und lauter schließlich
zornentbrannt ruft er: »Gut Nacht!«
Und so denkt sich Rex, der Rüde:
›Sie will Sex, und er ist müde –
wird auch Herrchen jetzt geschlacht?‹ ◆

Der Schatz von der Kahlhardt

Aus grauer Vorzeit, fast vergessen,
schaut still die Burg Kahlhardt ins Land,
doch nicht der Burg gilt das Interesse,
nein, ihrem Schatz, der einst verschwand.

Wiedabwärts auf der linken Seite
lebte einst ein reicher Graf,
so auch drei wilde Rittersleute,
und Knechte dienten treu und brav.

Hinter altem Burggemäuer
hielt Hund Bluto strenge Wacht,
ein Hund, ein wahres Ungeheuer,
doch der alte Graf, er hat gelacht.
Wenn Bettler sich ums Burgtor schleichen,
dann läßt der alte Graf ihn los,
um dies Gesindel zu verscheuchen,
denn Blutos Hunger ist stets groß.

Der alte Graf kannt' kein Erbarmen,
er kannt' nur eins, das ist Gewinn,
auch für die Ärmsten aller Armen
hatt' er niemals einen Sinn.

So herrschte einst ein strenger Winter,
im ganzen Land war große Not,
hungernd bettelten zwei Kinder
am Burgtor um ein Stückchen Brot,
was dann geschah, läßt mich erschauern,
dabei ging's nur um etwas Brot,
doch, der Schnee vor Burgenmauern
färbte sich bald purpurrot.

Auch hört' man nachts des Ritters Rösser,
ihr Hufschlag weit ins Tale schallt',
zum Raubzug über Burg und Schlösser,
und stets regierte die Gewalt,
ihr Auftrag lautet': töten, stehlen
wie es der reiche Graf befahl,
die Gier nach Münzen und Juwelen,
so jagten sie des nachts zu Tal.

Mit Bank- und Kauf- und Handelsleute
trieben sie ein böses Spiel,
sie ritten heim mit reicher Beute,
die Burg Kahlhardt war stets ihr Ziel.

Im tiefen Keller fein nach Liste
geprüft, geordnet, Stück für Stück
stand die mit Gold belad'ne Kiste,
des Grafen allergrößtes Glück.

Doch im engsten Freundeskreise
wurden sie zutiefst erschreckt,
es gab sichere Beweise,
daß man ihre Spur entdeckt.
Angst und Furcht ließ sie verspüren
ihr großer Reichtum, liebster Schatz –
sollte man ihn nun verlieren,
war die Burg der sich're Platz?

Und am Abend, als es finster,
gruben sie, da alles schlief,
zwischen Heidekraut und Ginster
eine Grube groß und tief.
Unter einer alten Eiche
legten sie zur letzten Ruh
diesen Schatz, wie eine Leiche,
nur zwei Eulen schauten zu.

Und nach großem Zechgelage
nahm das Unheil seinen Lauf,
denn, da es sehr schwül am Tage,
zogen dicke Wolken auf,
oh, wie tobte das Gewitter,
aufgewacht war nur der Graf,
die bitterbösen, wilden Ritter
lagen noch in tiefem Schlaf.

Vom Himmel zuckten helle Blitze,
und einer schlug ins Burgendach,
sekundenschnelle Glut und Hitze
riß alle aus dem Schlafgemach,
es loderten hell und heiß die Flammen,
da gab's für niemand ein Entflieh'n,
und alsbald stürzt' die Burg zusammen –
noch lange Schutt und Asche glüh'n.

Den Anblick hat man nur genossen,
zu sehr hat man den Haß verspürt,
obwohl ganz nah die Wied geflossen,
zum Löschen hat sich nichts gerührt.
Das ganze Land war voller Freuden,
aus Dankbarkeit und lauter Glück
ließ man vom Turm die Glocken läuten,
doch diese Zeit liegt lang zurück.

Noch heut' in kalten Winternächten,
wenn hell der Mond am Himmel scheint,
hört man, wie aus Felsenschächten
der alte Graf so bitter weint.

Wenn Schnee und Eis die Stelle sichern,
wo einst vergraben jener Schatz,
hört man, wie die Eulen kichern,
sie fliegen kreischend um den Platz.

Jahre sind ins Land gegangen,
der Schatz liegt in der Erde Schoß,
doch das menschliche Verlangen
nach Gold und Silber ist sehr groß,
und man gräbt so viele Stunden,
Tag und Nacht und unbeirrt,
doch der Schatz, er bleibt verschwunden,
ob man ihn je finden wird?
Bleibt er ewig untertage,
als Geheimnis gut bewahrt,
oder ist's nur eine Sage
von dem Schatz auf der Kahlhardt?

◆

Mein Elternhaus

Heut' streichen die Gedanken
weit in das Land hinaus,
wo rote Rosen ranken
an meinem Elternhaus.

heut' ist mir so beglückend
mein liebstes Heimatland
seh Mutter Rosen pflückend,
die sie zusammenband.

heut' ist mir so gelinde
der Mutter Lebenssinn,
sie brachte dies Gebinde
zur alten Nachbarin.

heut' ist der Tag so eigen
und denk, da ich noch Kind,
doch in den Gräbern schweigen,
die lange nicht mehr sind.

◆

Sonntagmorgen, 14. Mai 1989, 8.30 Uhr

Nur eine Stunde aus dem Tagebuch

Aus tiefer Nacht und Stille
erwacht der erste Blick,
erreicht mich eine Fülle
von Liebe, Treue, Glück.

Die Hand, die mich berühret,
der helle Sonnenschein
und auch mein Herz, es spüret,
das muß der Sonntag sein.

Was eben noch verborgen
liegt lieblich neben mir,
wünscht fröhlich: Guten Morgen,
du meiner Seele Zier.

Wie schön ist es zu wissen,
wie schön, wenn man sich liebt,
ich möcht sie nimmer missen,
wie schön, daß es sie gibt.

Oh, welch ein Morgenfrieden,
ein Duften und ein Blühn,
durchs Fenster dort von Süden
riecht man das junge Grün.

Kein Rattern und kein Knattern
und keine Alltagspflicht,
hör leis die Enten schnattern,
mein Hund, er mag sie nicht.

In Zärtlichkeit versunken
klingt fern vom Bergeshang,
zart wie ein göttlich Funken,
des Sonntags Glockenklang.

Ein Gala-Frühlingsreigen
aus Ouvertür' und Chor,
die Lerchen trillernd steigen
am Himmel hoch empor.

Ein Zwitschern, Musizieren,
der Kuckuck ruft vom Baum,
ein Pfeifen, Jubilieren,
schön wie ein Frühlingstraum.

Von tausend Vogelkehlen
ist keine, die heut' ruht,
was nützen mir Juwelen,
was nützt mir Geld und Gut.

In meinem Herzen drinnen
bin ich unsagbar froh,
denn da ist ein Besinnen:
Ist das denn einfach so?

Es muß doch einen geben,
der mich so reich beschenkt,
der mich dies läßt erleben
und der da alles lenkt;

daß hold die Vöglein singen,
des Maiensonnenstrahl,
das zarte Glockenklingen,
der Blütenduft im Tal.

Die Hand, die mich umstreichelt,
der Kuß, der mich berührt,
der Hauch, der mich umschmeichelt,
die Glut, die ich verspür.

Doch in der schönsten Phase,
da schlägt die Uhr halb zehn,
stupst mich die Hundenase:
's Zeit, um aufzustehn.

◆

Die Bethelsäcke

Jedes Jahr dasselbe Spiel,
was zuviel ist, ist zuviel.
Bei der Kleidersammelei
ist mit gar nicht wohl dabei,
sind die Plastiksäck verteilt,
meine Frau nach Hause eilt,
alles was sie nur erblickt,
ob gehäkelt, ob gestrickt,
ob gewebt, ob handgenäht,
alles was sie nur erspäht,
alles, was von Wert und edel,
wandert in die Säck für Bethel.
Gut, daß man für Bethel sammelt,
was zu Hause sonst vergammelt,
aber doch mit Maß und Ziel,
was zuviel ist, ist zuviel.

Ob Pullis, Hemden und Krawatten,
such ich die Hose für den Garten,
sagt sie: »Du mußt dir neue kaufen«,
ich könnte mir die Haare raufen.
Mit Strümpfen, Socken ist's dasselbe,
ob grüne, blaue, weiße, gelbe.

Das rote Trikot für den Sport,
»im Bethelsack« ist stets ihr Wort,
selbst Mäntel, Jacken oder Schal
mein schöner Parker – ganz egal,
so auch mein Tirolerhut,
dieses bringt mich so in Wut,
oh mein Gott, wo das noch endet,
gut, daß man für Bethel spendet,
aber doch mit Maß und Ziel,
was zuviel ist, ist zuviel.

Ach, es ist bald nicht zu glauben,
Badehosen, Badehauben,
kleine Deckchen, auch mit Litze,
Unterhosen fein mit Spitze,
Bettbezüge, echtes Leinen,
alle Tage könnt ich weinen,
uns're Schulden wachsen weiter,
täglich kauft sie neue Kleider,
um sie dann in ein paar Tagen
in den Bethelsack zu tragen,
traurig wird's in meinem Herzen,
kann ich den Verlust verschmerzen,
für Bethel sammeln find ich richtig,
was im Hause nicht mehr wichtig,

aber doch mit Maß und Ziel,
was zuviel ist, ist zuviel.

Ja, es ist nicht zu begreifen,
mein Anzug, der mit Nadelstreifen,
und auch mein guter alter Frack
sind längst schon in dem Bethelsack.
Sie ist vom Sammeln so gepackt,
ich träumte nachts, ich schlief schon nackt,
denn sie sucht noch immer mehr,
der große Kleiderschrank wird leer,
ob sich noch etwas retten läßt?
Halt schon im Schlaf mein Kissen fest,
sonst ging mein Plumeau mit der Decke
auch noch in die Bethelsäcke.
Für Bethel spenden find ich gut,
weil es ja ein jeder tut,
aber doch mit Maß und Ziel,
was zuviel ist, ist zuviel.

Schimpfe ich, gibt's eine Getobe,
dann läuft sie zu der Garderobe,
greift sich Jacken, Mäntel, Hüte,
was ist los? Du meine Güte,
bunte Tücher, reine Seide,

meine Handschuh, alle beide,
ja, so die gesamte Kleidung,
und ich denk auch schon an Scheidung,
gibt es wirklich keinen Rat,
ob aus Nerz oder Brokat,

alles, was aus Zwirn und Woll',
kommt in die Säcke, bis sie voll.
Mir bringt der Bethelsack Verdruß,
für sie ist sammeln ein Genuß,
warum denn nicht mit Maß und Ziel?
Was zuviel ist, ist zuviel.

So enden viele Sammelstunden
und sind die Säcke zugebunden,
erhalten sie auf alle Fälle
beim Pastor eine Sammelstelle.
Doch dieser Raum kann es nicht fassen,
Säcke türmen sich in Massen,
von der Erde bis zur Decke,
alles voller Bethelsäcke.
Unser Pastor kriegt das Grausen,
denn sein Auto parkt schon draußen,
und die Türen schließen nicht,
doch so schließt jetzt mein Gedicht,
ich schließe jetzt mein Büchlein zu,
für ein Jahr haben wir jetzt Ruh,
es war auch nur ein kleines Spiel –
denn – was zuviel ist, ist zuviel.

◆

Epilog

Warum man schreibt

Warum man schreibt, was ist der Grund,
möcht' ich hier gern belichten,
warum tut man der Umwelt kund
in Bänden und Gedichten
die Suche nach dem neuen Wort –
das Denken und das Reimen
läßt wie ein schöner Rätselsport
auch die Romantik keimen.
So mancher schreibt aus reiner Freud',
vor Lust von ganzem Herzen,
ein and'rer schreibt aus tiefstem Leid,
aus Trübsal und aus Schmerzen.

So schreib mit Herz und sei bereit,
weil Verse nie vergehen,
sie sind Bestand für alle Zeit,
des Lebens Orchideen.
Wünsch schreibend deinen Freunden Glück,
so wird's auch dir beschieden,
es kommt aus Dankbarkeit zurück,
wirst glücklich und zufrieden.

Ich möcht mit Meiner heilen Welt
nur etwas Freude streuen –
und wenn das Büchlein dir gefällt,
dann würd' auch ich mich freuen.